AF586136

ACHATES
A
PALEMON,
POVR LA DEFENSE
DE PHYLLARQVE.

M. DC. XXIIX.

ACHATES A PALEMON, POVR LA DEFENSE DE PHYLLARQVE.

VOvs me demandez, cher Palémon, de quel œil nostre Phyllarque a leu les cẽsures d'Aristarque, & le jugement qu'il en a fait. Ie vous dirai la verité, & sans vser de preambules, je vous raconterai ce qui ſe paſſa lors que ce liure lui fut enuoié, & qu'il en eut fait la lecture. Il y auoit déja deus mois qu'il eſtoit à la campagne retiré en la maiſon d'vne perſone de qualité, où pour ne vous rien dire de ſes occupations, il viuoit au plus grand repos dont il ait joüi de ſa vie. Vn jour qu'il eſtoit preſt de ſe mettre à table, on lui apporta de Paris vn pacquet qu'il ne voulut pas ouurir à l'heure, diſant, remettons les affaires aprez le diſner, & ne troublons point la refection de quelque facheuſe nouuelle. Aiant diſné il ſe retira en ſa chambre où il ouurit le pacquet, & trouua dedans vn liure qu'il ſe mit à lire ſans diſcontinuation d'vn bout à l'autre. Il ne me diſoit rien, & j'obſeruai ſeulement auſſi long tems que je demeurai prez de lui qu'il ſe mettoit par fois à ſous-rire. Cependant je pri d'autres diuertiſſemens, & eſtant ſur le tard retourné vers lui. Voiez, dit-il, Achatés, voiez je vous prie ce liure, & conſiderez de quelle ſorte on nous traitte là où nous ne ſommes pas. Ie pren le liure de ſes mains, & me tardoit que je ne fuſſe déja en mon particulier pour en faire la lecture, à laquelle j'emploiai vne bõne partie de la nuit. Pour moy je cõfeſſe Palémon, que ma patience ne reſſembla pas à celle de Phyllarque; pluſieurs fois il me prit enuie de dechirer & de mettre au feu cette brutale inuectiue où le nom de ce perſonage eſtoit ſi indignement profané. I'admiroi l'effronterie de ce ruſtre qui attaquoit ſi inſolẽment vne perſonne qu'on ne ſçauroit voir ſans l'aimer.

L'indignation m'emportoit & je ne pouuoi souffrir qu'il fut permis à vn homme de neant comme cettui-ci d'injurier impunément vn personnage dont tous les gens de bien & de qualité font estat, & d'appeller hypocrite, ambicieus, pedãt & ignorant, celui que tout le monde sçait estre si exemt de ces crimes. Ie passai le reste de la nuit en vne grande inquietude, attendant auec impatiẽce que le soleil fût leué pour décharger mon cœur gros de colere & de mécontentement à Phyllarque. Si tost que je jugeai qu'il pouuoit auoir acheué ses oraisons accoutumées, j'entrai dans sa chambre, où je le trouuai déja la plume à la main trauaillant à vn œuure qu'il medite pour le public. Quoi, lui dije d'abord, vostre esprit peut-il estre si tranquille & si recueilli que de penser à autre chose qu'aus moiens de châtier vn homme, qui vous a si injurieusement traitté ? Et vous le souffrez, & vous le dissimulez ce semble! sçachez que l'injure est faite au public, & non pas à vostre persone, & que c'est en d'autres occaſions que vous deuez exercer voſtre patience. Si vous ne voulez pas vous en remuer dauantage , laiſſez pourſuiure à vos amis la punition de ce crime , & qu'au moins par le cours de la iuſtice ils facēt faire vn grand exēple d'vne ſi extraordinaire temerité. Ie voulois en dire dauantage, lors que Phyllarque hauſſant la teſte de deſſus la table où il écriuoit, me dit en ſouriant , Achatés , la paſſion vous emporte. Ie voi biē que vous auez leu le liure & que vous n'auez pas dormi là deſſus. Si vous euſſiez donné loiſir au ſommeil de digerer voſtre colere vous ne parleriez pas de la ſorte. Il n'y a point de mal en tout ceci, qu'en la mauuaiſe volonté d'Ariſtarque : & je ſeroi bien peu verſé aus exercices de noſtre Philoſophie, ſi je croioi qu'vn homme ſage pût eſtre offenſé par vn fol. Non, laiſſez faire au Paladin, je ſuis tout aſſeuré que nul ne croira qu'il ſoit parti de Coignac pour ſe loger en l'Iſle du Palais, ſi ce n'eſt pour faire voir aus Pariſiens qu'il y a au monde encore de plus groſſes beſtes que des Elefans. Ie ne le plain que d'vne chose, c'est qu'au lieu de gaigner de l'argent à se faire voir, il a falu qu'il ait donné cent escus à vn Imprimeur pour publier sa bétise. Mais prenez seulement vn siege, & auant que vous partiez d'auecques moi, je vous ferai auoüer que vous n'auez jamais veu vn monstre d'ignorance si prodigieus que cettui-ci. Il se vante d'estre fils d'vn Huguenot & que neantmoins il est maintenãt Catholique. Dieu vueille qu'il dise la verité : mais tel qu'il est, il montre bien qu'il ne frequente pas beaucoup nos Egliſes, puis qu'il prend encores ſainct Pierre pour ſainct Paul, lors qu'il dit *que B. n'oſe regarder le pourtrait de S. Pierre, pource qu'il tient vne eſpée à la main*. Nous ne ſçaurions recueillir de ſon écrit ſinon qu'il eſt fort neuf en la cognoiſſance de noſtre religion: quand ce ne ſeroit que là où il publie, *qu'il ne voit plus de Dames que de Religieuſes, & que ſes exemples ne font plus que des Capucins*. Il ne nous fera pas accroire que nos Religieuſes qui viuent en l'obſeruance de leurs regles, ſe laiſſent entretenir & voir encore moins à des gens du Pont-neuf, & qui ne ſe font remarquer que par vne mouſtache ou vn habit bleu, jaune & verd, & de taffetas de la Chine. Quant aus Peres Capucins, aſſeurez vous qu'il n'a rien de leur interieur, & que s'il leur reſſẽble en quelque choſe par le dehors, c'eſt ſeulement par la beſaçe. *Ie ſuis preſt*, dit-il, *de mourir martyr, & j'attens au premier Concile qu'on me canoniſe.* Qu'il prẽne garde que ce martyre & cette canonization ne ſe face comme celle de Iean Hus par vn Concile de Conſtance. Il quitta le barreau où ſon pere l'auoit deſtiné pour ſuiure les armées auec tant de deſaſtre qu'à tout jamais il maudira l'heure qui lui fit changer de reſolution. Ie croi qu'il parle tout de bon: car à la verité il eût gaigné dauantage à louër ſa voix ou à vendre ſes écritures aus païſans qui viennent plaider à Coignac qu'à faire debiter ſes liures ſur le Pont neuf par ſon hoſteſſe. Ie m'at-ten que les truans mettront bien toſt des érs à ſes poëſies, afin de les chanter & de les vendre au coin des ruës. Que voulés vous Achatés, la pauureté n'eſt pas vn vice : elle ne ſeroit que loüable au Paladin ſi elle eſtoit accompagnée d'vne plus grande humilité. Mais eſtre pauure & glorieus & ne vouloir pas apprendre vn honeſte métier pour gaigner ſa vie, ou dedaigner l'exercice de celui qu'on auroit appris, c'eſt ce qui meriteroit bien que le Magiſtrat y mît l'ordre neceſſaire, puiſque les lois dans les Republiques bien policées ne ſouffrent poīt de faineans ni de vagabons par les villes. On feroit beaucoup pour lui de lui raſer la mouſtache, & de lui faire changer ſa panne bleuë & ſon taffetas jaune, en vne ſoutane & en vn chapperon, & de le renuoier en ſon païs exercer l'office d'Aduocat qui a tant coûté à ſon pauure Pere. Il y auroit plus d'honneur & plus de profit pour lui, qu'à contrefaire ici le ſoldat & à compoſer de mauuais liures. Peut eſtre croit il ſe mettre en vogue en attaquant la reputation de ceus qui valent mieus que lui, & que tout ce qu'il pourra oſter de leur gloire accroitra incontinant

tinant à la ſienne. Ou bien que pour éterniſer ſon nom, il ne faloit que les reduire par ſes calomnies à la neceſſité d'vne defenſe, dans laquelle eus eſtans contrains de parler de lui, encores qu'en mauuaiſe part, lui qui ne peut eſtre connu par ſes écris, ſeroit immortalisé dans leurs œuures. Car il s'en trouue Achatés, qui ne ſe ſoucient pas à quel pris ils achettent la reputation, & qui voudroient auoir trahi Ieſus-Chriſt, pourueu que leur nom fut écrit dans les Euangiles. Ils ſeroient bien glorieus ſi leur pourtrait pouuoit trouuer place dans les tableaus que les grans peintres font de Minerue, encore qu'on les y deut repreſenter auſſi horribles & monſtrueus que la teſte de la Gorgone. On dit que pour ſe ſignaler à Paris il a laiſſé croiſtre ſes cheueus afin de ſe faire vne mouſtache, s'eſtant perſuadé que les cometes ne ſont redoutables aus grans hommes que pour auoir vne cheuelure. Mais j'eſpere que ſes malignes influences ne feront de tort à perſone, & que ſa mouſtache ne ſera fatale que comme celle d'Abſalom à celui méme qui la porte. Ie n'aime pas les violences ni qu'vn particulier offenſé face juſtice par ſoi-méme, il la faut attendre de Dieu, ou de ceus qu'il a établis pour l'exercer entre les hommes. Le Paladin n'a rien dit de veritable en tout ſon liure, ſinon que je ſuis trop genereus pour auoir participé au mauuais tour qu'on lui a fait. Mais il eſt fort plaiſant quand il ajoute que ſon liure me fâchoit plus au monde que ſa perſone. Ie veus bien qu'il ſache, que ſi lui méme n'abrege ſes jours par ſes crimes ou par ſes débauches, il ne tiendra point à moi qu'il ne viue auſſi long tems que le Iuif errant : mais je ſuis aſſeuré qu'il ne ſçauroit ſi peu viure qu'il ne voie mourir ſa reputation auant que de finir ſa vie. Ie me ſoucie auſſi peu de la beſogne que de l'auteur. Et je ne l'empécherai point d'entretenir ſon eſprit en la complaiſance qu'il ſe donne, en s'imaginant que je dechire les feuilles de ſon liure, & qu'enragé comme vne tigreſſe à qui on a raui ſes petis je decharge ma furie ſur l'idole ne la pouuant exercer contre la persone. Vous sçauez Achatés si jusques à present j'ay sceu qu'il y eut vn Paladin au monde. Ie croioi que la race en fut éteinte dez le siecle de Charlemagne : & si jamais je me suis remué pour ce liure qui a coûté à son auteur autant de peine à enfanter que les petis à la vipere. Il y a vn an qu'il suë & qu'il trauaille aprez, non sans estre aidé des memoires de quelques gens de mesme etoffe que lui, qui dans leur oisiueté se sont mis à éplucher mes letres pour y chercher tout à rebours de ce que Virgile cherchoit dans les ouurages d'Ennius : mais ils se sont trõpez en leur dessein : car au lieu d'en ramasser l'ordure, ils n'en ont recueilli que les perles, dont toutesfois ils ont fait ce que nostre Seigneur dit que les pourceaux ont accoustumé de faire. Auez-vous là son liure ? Ouurez Achatés, & passez les injures qu'il dit contre moi, c'est assez que nous examinions ses Censures. Lisez.

Ie n'approuue point qu'on dise, il respondit sans barguigner, qu'[illegible] a traduit en son Apologie de Socrat[illegible], au lieu de mettre sans begayer, ſans heſiter. Il faudroit qu'il nous dit les raiſons qui lui font rejetter de noſtre vſage le mot de barguigner qui eſt tres-bon & ſignificatif, pour exprimer l'actiō de ceus qui diſputent du pris d'vne marchandiſe qu'ils veulent achetter, qui eſt ſa propre & ſa naturelle ſignificatiō. Mais par figure on peut dire fort elegamment qu'vn tel répōd ſans barguigner, qui accepte rondement tout d'vn coup & ſans marchander quelque choſe qu'on lui offre, ou vn parti qu'on lui propoſe, & non pas ſans beguier ni heſiter comme il plait à noſtre Cenſeur.

Ie trouue mieux publier que tympaniſer. Et moi je ne ſuis pas de voſtre auis, au lieu où j'ay emploié ce terme, qui ſignifie autre choſe que publier. L'vn & l'autre ſont Frãçois & dans le commun vſage. Le jugement fait qu'on les applique comm'il faut. Si je diſoi que l'Euãgile a eſté tympaniſée par tout le monde, j'aurois tort ! je deuroi dire publiée. Mais quand je dirai que le Paladin s'eſt fait tympaniſer par tout Paris pour ſes ſottiſes, alors je parlerai correct, & il n'y à point d'Aristarque qui me puisse justement censurer. Aprez.

Brocher pour dire oster ou raier n'est point passable. Nō pas en l'estime d'vn ignorant & qui ne sçait pas que les Grecs ont emploié le terme d'ὀβελίζειν par metaphore au mesme vsage que j'ai dit brocher en François, que les Latins disent *veru vel obelo transfigere*, dont sainct Hierôme s'est serui & tous les doctes Grammairiens. Suiuez.

Ie dirai plustost ruette que ruelle d'vn lit. Ie me contente de parler grossierement comme parlent les Dames & les Seigneurs de la Cour. Et ſi Monſieur le Mareſchal de Schomberg en vne de ſes letres qui ſe lit parmi celles du ſieur de B. n'eut point dit que les letres de cettuici eſtoient dignes du Cabinet du Roy & des plus belles ruelles de lit de France, je pourroi rafiner mon langage ſur la cenſure de l'orateur de la Charante, qui eſt venu exprés de Coignac pour apprendre aus Dames de la Cour à dire des ruettes, & non pas des ruelles de lit. Ce qui ſuit eſt de meſme étoffe.

Defalquer eſt vn mot de bou-

tique, pour oster, ou retrancher. Si nostre Aristarque eût continué le train du Palais il eut appris que defalquer est vn terme du barreau, & non pas vn mot de boutique. Passez outre.

Dire que cela n'est pas du gibbier de quelqu'vn, pour dire que quelque chose n'est pas de sa conoissance, de sa jurisdiction où de ses afaires, est vn terme vulgaire & qui de soi ne signifie rien. Il est aisé à juger que nostre Cēseur n'a jamais esté nourri qu'à la cuisine & parmi des rustres & des paisans comme lui. Car il ne pouuoit frequenter auec des Gentils-hõmes ſans apprendre en leur conuerſation que veut dire, cela n'eſt pas de ſon gibbier. Que ſi la baſſeſſe de ſa condition ne lui permettoit pas de hanter la nobleſſe; au moins deuoit-il s'eſtre inſtruit de noſtre langue par les liures. S'il auoit leu le Foüillous & les autres qui traittent de la venerie ou de la fauconerie, il eut appris, Que les ſangliers ſont le vrai gibbier des mâtins & de leurs ſemblables. Que les faiſans ſont du gibbier des autours, qui ne le ſõt pas des tiercelets. De là vient que par metaphore tous les bons auteurs ont dit, Ceci n'eſt pas de voſtre gibbier, pour ſignifier que cela ſurpaſſe vos forces ou voſtre connoiſſance. Mais cette maniere de parler n'eſt pas du gibbier de noſtre païſan d'Angoumois. Non plus que *tenir les eſperãces à l'erte*, qui eſt vne eloquẽce que la langue Françoiſe à priſe de l'Italiene. Quoi plus.

Ie ne dirai point encore de quelqu'vn qu'il eſt en vogue, ſi je n'ai trop ſouuent dit, qu'il eſt en reputation, en credit, en eſtime. Ie n'en ai point vſé autremẽt, je ne puis comprendre ce que trouue à redire noſtre Cenſeur en mes eſcris. Il eſt en vogue, il a la vogue, eſt vne maniere de parler qui pour n'eſtre pas cõmune au Paladin, ne laiſſe pas d'eſtre fort familiere & vſitée à la Cour.

Et je mettrai, dit-il, plus à l'ordinaire, auant qu'auparauant. Voila vne obſeruation fort ſerieuſe: comme ſi je n'auoi pas mis en vſage l'vn & l'autre ſelon que j'ai jugé plus à propos. Pourſuiuez Achatés, & n'oubliez pas vne de ſes ſottiſes.

Il a auſsi quelques prouerbes

d'assés mauaise grace, cõme juger d'vn lion par les ongles, jusques aus autels & autres. Il ne deuoit pas auoir obmis ces autres : car pour les deus qu'il remarque, si c'est crime que d'en auoir vsé, il m'est cõmun auec tous les grans hommes de l'antiquité, qui me les ont enseignez. Que s'ils ne plaisent pas au Paladin, nous ne sommes pas obligez pour cela de nous accommoder à son goust tant qu'il ne nous contentera pas de raison. Car pource que les roses ne plaisẽt pas aux asnes, rien ne nous oblige d'arrachet tous les rosiers de nos iardins. Dequoy nous accuse-t'il encore?

Il se sert d'vne façon de parler fort impropre, quand il dit prendre garde souuerainement, au lieu de sur tout, soigneusemẽt, exactement: on dit commander souuerainement, regner souuerainement. Mais quand je dirai que le Paladin est souuerainement ignorãt, je ne penserai point faire tort ni à la verité, ni au bon langage François. Monsieur Budée m'a enseigné qu'on peut dire en Frãçois d'vne cause, qu'elle a esté souuerainement bien plaideé, & qu'en Latin je le doi exprimer

mer de la ſorte, *Cauſa hæc in germanum modum fuit acta ac diſceptata.* Et que ce n'eſt pas plus mal dit en François, la theriaque eſt vn remede ſouuerain contre les venins, que de dire, le Roi eſt Souuerain en ſon Royaume. Ce qui ſuit eſt de meſme aloi. Liſez s'il vous plait.

Il fait paſſer la malignité de la fortune pour la malice de la fortune; faute de ſçauoir qu'on dit la malignité d'vn vlcere, & la malice d'vne femme. Voici vne étrange Retorique. Pource qu'on ne dit pas la malice d'vn vlcere, je ne pourrai pas dire la malignité d'vne femme ? Et pource qu'on dit la malignité d'vn vlcere, il ne sera pas permis de dire la malignité de la fortune? Pourquoi non aussi bien que la malignité d'vn astre, qui n'est pas vn vlcere ? Et pourquoy non la malice du tems, encore que ce ne soit pas vne femme ? Ie voi bien que c'est, le Paladin qui a veu que les peintres representent la fortune comme vne femme & non pas comme vn vlcere, ni comme vn astre, veut qu'on l'appelle malicieuse & non pas maligne. De façon que pour ce que les anciens Romains peignoient dedās leurs temples la fiévre comme vne femme, il ne voudra pas que nous disions d'vne fiévre qu'elle est maligne, mais qu'elle est malicieuse. Passons Achatés.

Dire de quelqu'vn qu'il parle à bastons rompus n'est point propre: oüi bien battre à battons rompus. Ie trouue qu'il m'est bien plus propre de dire qu'vn tel a parlé à moy à bastons rompus, qu'il n'est commode au Paladin de dire qu'vn tel l'a battu à bastons rompus. Que s'il le trouue mieus de la sorte ; je suis d'auis que chacun de nous ſe tienne à ce qu'il juge eſtre plus de ſa commodité. Aprés.

Appeller Narciſſe ennemi capital de la chaſteté des Dames eſt parler ignoramment. On ne peut eſtre ennemi capital d'vne choſe qui n'a point, ni qu'on ne peut s'imaginer auoir de corps ni de teſte. Voila vne fort belle obſeruation & digne d'vn homme qui a mal emploié l'argent de ſon Pere au college, Comme ſi, Capital, en Latin & en Frãçois ne ſignifioit pas dangereux & pernicieus. De maniere qu'au dire du Paladin, Ciceron eſt vn âne quãd il a dit,

Capitalem et pestiferum è Brundusio M. Antonij reditum timebamus. Nous redoutions le retour capital & pernicieus de Marc-Antoine. Et encore. *Totius injustitiæ nulla capitalior est quam eorum qui, &c.* De toutes les injustices il n'y en a point de plus capitale que de ceus qui, &c. Donc quand j'ai dit qu'vn tel est ennemi capital de la chasteté, j'ai voulu entendre vn dangereux & mortel ennemi, qui cherche à perdre la chasteté, laquelle peut perir & mourir encore qu'elle n'ait ni pieds ni teste, comme le Paladin s'imagine qu'elle deuroit auoir pour lui estre Capital ennemi. Que dit-il plus !

Tres, est inutile & impertinent, quand il condamne par superlatif B. à vn châtiment tres-exemplaire, pour dire tres-rigoureus ou exemplaire simplement. Le gibet & le foüet sont supplices autant exemplaires que la roüe & la flamme. Oüi, ce dit-il, mais il m'auouëra que le foüet qu'on dõne par les carrefours seroit bien dit plus exemplaire, que celui qu'on donne sous la custode. Et que puis qu'il y a de la comparaison du plus au moins, il peut bien y auoir aussi de l'excés & du superlatif. Faire pendre vn soldat est vn châtimẽt exemplaire, faire coupper la teste à vn Gentil-homme est plus exemplaire : mais faire decapiter vn Maréchal de France ou vn Conestable, comme il est arriué par fois, est vn supplice tres-exemplaire.

Si d'vn homme qui a dit tous les maus imaginables d'vn autre, j'ai ecrit, qu'il a dit *Pis que pendre de lui*. Ie n'ai parlé que selon le commun vsage & populairement d'vne chose populaire & triuiale. Passez au reste Achatés.

Fermer le pas à la religion n'est point receuable au lieu de fermer le passage. On dit aller le pas, cent pas, mille pas. Si le Roy venoit aßieger Constantinople il n'enuoieroit point demãder le pas pour son armée dans les Roiaumes estrãgers, mais oüi biẽ le passage. Le Paladin n'est pas de la race de ceux qui viuoient au tems de Charlemagne, puis qu'il entend si mal les termes de Caualerie, entre lesquels le mot de pas est si familier & en vsage en matiere de tournois. Sãs aleguer les Romains, il ne faut que lire l'inscription qui est en vn tableau au Château d'Ecoüan , auquel eſt repreſenté le tournoi que fit Henri II. à Paris, où il eſt écrit *La bãde du Roi venuë ſur les rãgs pour ouurir le pas ce 24. Iuin , pour les ſis courſes de la premiere empriſe.* Donc en bon François le pas ſe doit dire du lieu où l'on paſſe , & le paſſage ſe dit de la choſe meſme qui paſſe. Ainſi dit-on le Pas de l'Ecluſe. Le Pas du Loup, le Pas de Calais, le Pas de Suze. Et en cette ſignification on dit ouurir & fermer le pas: attaquer ou deffendre le pas. Ainſi les Grecs fermerent le pas au détroit de Thermopiles & le deffendirent contre l'armée des Perſes. Ainſi par metaphore c'eſt parler élegãment de dire, fermer le pas à la Religion, pour ſignifier, lui empécher le paſſage dans les Indes. Mais le Paladin n'a pas étudié juſques là. Non plus que quãd il me blâme d'appeller des impertinẽces ſolennelles.

Pource, dit-dit, qu'on n'vſe de ſolennel qu'en feſtes, en ſermens & en ceremonies. Comme ſi les Romains Latins n'auoient pas toutes ces choſes auſſi biẽ que nous, & neantmoins vn de leurs Poëtes & des plus élegans a dit

Inſanire putas ſolemnia me.

Reprenés Achatés où vous eſtiés demeuré.

Voici vn autre defaut qui vient de l'excreſcence. Paſſés outre je vous prie: autrement je ne ſortirai jamais dez mains de ce fol: qui m'obligeroit de rendre conte de tous les mots, des ſyllabes, & des letres de mes diſcours, où il remarque, dit-il, des excreſcenſes, par vn que, par vn la, par vn il, par vn le: & me voudroit encore rendre reſponſable de quelques fautes legeres qui ſont ſuruenuës à l'impreſſion. Examinons le reſte.

C'eſt vne étoffe teinte de couleur brune qui n'a ni gaieté ni éclat qui rëjouiſſe la veuë, comme font ces beaus tabis à fleurs. Il ne faloit point dire teinte, ſachant bien que ſi elle a de la couleur elle eſt teinte, on n'iroit pas demander à vn marchand vne panne teinte de couleur verte, pour demander vne panne verte. Non, mais je lui demanderai bien en bon François de la ſarge teinte en écarlatte & en cramoiſi, & ſi je porte vne panne de ſoie blanche au teinturier, je lui dirai ſans parler mal, que je veus que cette panne ſoit teinte en bleu ou en jaune.

Que ſi j'ai failli en diſant vne étoffe teinte de couleur brune, j'ai failli apres Virgile,

Vobis picta croco fulgenti murice veſtis.

Vous autres portez des habis teints en jaune, en pourpre, ou en écarlate. C'eſtoit aſſez de dire des veſtes jaunes & rouges, ſelon le ſtyle du Paladin, qui eſt aſſez plaiſant quãd il dit, que ſi vne étoffe a de la couleur il faut neceſſairement qu'elle ſoit teinte. Mais s'il auoit frequenté les Peres Capucins autant qu'il ſe vante il auroit appris d'eus qu'ils portent des robbes de couleur qui n'ont point paſſé par la teinture. Il corrige mon langage où j'ecri. Qu'il y a certains eſpris qui feront plus d'admiration en voiant vn eſcargot petrifié, que non pas vn beau cheual.

Ce, non pas, dit-il, *eſt inutile, &c.* Nous ne ferons pas d'vn mauuais Gendarme vn bon Docteur aus langues, qui toutes ont quelques particules ſuperfluës qui ſeruent plus à l'arrondiſſement du langage qu'à la ſignification. Ainſi les Grecs ont leur ῥα & leur γὲ & quelques autres, comme les François ont cette particule *pas* qui n'augmente pas ſeulement la negatiue, mais ſert auſſi à arrondir noſtre langage, comme quand nous diſons, Ce n'eſt pas aſſez de faire cela. Il ſuffiroit de dire, Ce n'eſt aſſez: mais pour la bonne grace de la prononciation nous y ajoutons, Ce n'eſt pas aſſez.

On ne dira pas qu'vn homme n'eſt eſtimé ſage par les lois qu'a vint cinq ans, mais oüi bien que la prudence humaine prend des hauts de chauſſes à vint cinq ans pour aller où il lui plait. Noſtre Cenſeur fait du ſerieus où il ne le faut pas eſtre, & comme si j'auoi parlé tout de bon. Il reprend ce que je m'asseure tous les bons espris estimerōt estre dit de bonne grace quād on le lira en la piece entiere, où je renuoie le Lecteur. C'est en la letre 12. de la 2. partie.

Ce seroit offenser quelqu'vn de lui dire qu'il n'est pas sage, il en faut parler plus couuertement & dire qu'il est logé dans l'apartemēt des espris mal faits. Si aprez auoir cité vn Poëte qui fait la diuision des espris en trois sortes, je di que les pires sont logez au bas étage, les mediocres à celui du milieu, & les plus excellens à l'étage d'enhaut

haut : qui me reprendra d'auoir dit de quelqu'vn qu'il est logé en l'appartement des espris mal faits, qui sont ceux du bas étage ? Poursuiuez Achatés.

S'il ne nous eût pas dit qu'Orphée auoit esté malheureusement déchiré, nous n'eussions pas creu qu'vn homme qu'on déchire fut malheureus. C'est bien raisoné selon la Logique du Paladin qui ne veut pas qu'on die qu'vn homme qu'on déchire soit malheureus. Selon la méme Logique nous pourrions argumēter que nous ne croiriōs pas qu'vn homme qu'on tuë fut malheureus, si Virgile n'eût point dit.

Sternitur infœlix Acron &
calcibus atram
Tundit humum.

& d'vn autre

Sternitur infœlix alieno vulnere, cœlumque
Aspicit, & dulcis moriens reminiscitur Argos.

Comme donc le Poëte n'a point pensé vser d'vn langage superflu en disant, que Acron & Antor ont esté malheureus, d'auoir esté tuez; aussi ne croi-je point pecher contre les regles du bien dire, quand j'écri qu'Orphée a esté mal-heureuſement déchiré par les Menades : car à la verité ce fut vn grand malheur pour lui de tomber entre les mains de ces enragées. Pour raiſon dequoy Virgile deuant moi l'auoit appellé miſerable.

---Tibi has miſerabilis Orpheus
Haud quaquam ob meritum pœnas, ni fata reſiſtant,
Suſcitat, & rapta grauiter pro conjuge ſæuit.

Signer quelque choſe de ſon ſang ſeroit peu, ſi on ne diſoit de ſon propre ſang. Le Paladin auroit aſſez d'effronterie & d'impieté pour cenſurer Ieſus-Chriſt méme pour auoir dit, Que Dieu a tellement aimé le mõde, qu'il n'a pas épargné ſon propre Fils pour sõ ſalut. C'eſtoit aſſez de dire ſon Fils, ſelon l'éloquence d'Ariſtarque, qui s'oublie de ſa cenſure, lors qu'en la page 175. il écrit *que le ſieur de B. ſe mit à compoſer vn Panegyrique à ſa propre loüange.* C'eſtoit aſſez de dire à ſa loüange. Mais qu'il ne ſe mette point en péne de ſe retracter, car il a mieux parlé qu'il ne penſoit. D'autant que le mot de propre, ne doit pas eſtre obmis aus lieus où il apporte de l'emphaſe, comme quand on dit, Lucrece ſe tua de ſa propre main. Cordus ſigna ſon teſtamẽt de ſon propre ſang. Brutus ne pardonna pas à ſon propre fils. Nous ne ſortirons jamais de ces ſottiſes, haſtons-nous Achatés.

Ce ne ſeroit bien connoiſtre les liures, qui ne les appelleroit les monumẽs de l'antiquité. Ce badin ne ceſſera-t'il point d'accuſer les antiens auteurs en penſant accuſer Phyllarque. Ho! Mõſieur le Licentié, auez vous ſi mal étudié le Ciceron, que de n'auoir jamais remarqué qu'il appelle ainſi les liures? N'auez-vous point leu chez lui. *Studia & artes quæ sūt nobis Græciæ monumentis disciplinisque traditæ*. Pour dire dās les liures Grecs, & cent autres endroits de méme. Ce qui suit ne vaut pas mieux.

Il est trop populaire de dire que quelqu'vn est né ou venu au mōde : mais oüi bien qu'il est dans l'estre des choses. Le Paladin trouueroit bien plus à reprendre en l'éloquēce de Ciceron, qu'aus letres de Phyllarque, puisque ces locutions l'offensent. Mais il aura péne de persuader à d'autres qu'à des ignorans comme lui, que de dire *esse in rerum natura*, soit parler contre la netteté du langage.

Voila, dit-il, *en ſe raillant, de la macrologie, du Pleonaſme, & du ſtyle froid en bòn nombre, outre celui qui reſte dans ſes œuures.* Voila biẽ à la verité des âneries, & des ſottiſes : mais elles ſont dans le liure du Paladin, & non dans mes œuures, qui ſeroient capables de me donner de la complaiſance, que je n'ai jamais euë pour elles, ſi vn plus habilehõme n'y auoit rien obſerué de plus vicieus que ce que le Paladin nous objecte. Suiuez.

De l'excez, il vient dãs le de-

faut, &c. Comme quand il fait dire à Senecque en sa cōsolation à Martia, qu'Octauia se laisse aller à tristesse Cet impertinent me veut-il encores obliger à rendre conte des fautes de l'impressiō. S'il eût leu la derniere, il n'y eut pas trouué cette faute que l'Imprimeur a corrigée. Mais ne nous arrétōs pas à ces bagateles. Voiōs s'il nous objectera de plus grans crimes que l'omission d'vn article.

Le Pere fait aussi bien des incongruitez que des barbarismes. Il finit ainsi vne letre. D'où Ariste tu concluras qu'il ne peut rien pretendre à la gloire de l'orateur ni d'eloquent, quelque vanité que ses flateurs, ou que lui méme se vueille donner. On lui pourroit demander fort à propos où est le verbe. Et moi fort à propos je lui répondrai, qu'il est en la teste du Sage Orateur, qu'vn fol & vn rustique comme le Paladin, ineptement auroit couché sur le papier.

Il ne se montre pas moins ignorant en parlant contre son intention en cette sorte, Aiant donc des causes qui m'obligeoient à ne laisser pas Narcisse triompher de sa vanité par mon silence. Il pense dire qu'il n'a pas voulu laisser triompher la vanité de Narcisse. Nullemẽt, j'ai voulu dire que je n'ai pas jugé qu'il fut à propos de laisser triompher Narcisse de sa vanité, au sens que Ciceron a dit. *Palam exultare lætitia, & triomphare gaudio.*

En vn autre lieu il veut rendre Senecque aussi mauuais Frãçois que lui, en le faisant parler ainsi. Tous les traits de la fortune sont tirez contre nous, que si elle en assenne d'autre, &c. On dit plus communément assenner vn coup sur quelqu'vn, qu'assenner quelqu'vn d'vn coup. L'ignorance rend nostre Paladin fort presomptueus. Lui qui eſt né & nourri dans la barbarie nous veut enſeigner à parler noſtre langage naturel. Que s'il ne le pouuoit pas apprendre dez ſa jeuneſſe dans noſtre cõuerſation, au moins le deuoit-il auoir étudié dans les Dictionaires, qui lui euſſent enſeigné, qu'aſſenner eſt vn verbe actif. *Le Roi cuidant frapper le cerf, aſsẽna vn veneur de ſon épieu & l'abbatit roide mort.* Ainſi deuons-nous dire, vn tel aſſenna le Paladin d'vn coup de baſtõ, & non pas vn tel aſſenna vn coup ſur le Paladin.

Quand je di que j'ai trente

besognes à faire à la fois, il me blâme d'estre fort menteur & hyperbolique. Mais s'il scauoit qu'elles estoient alors mes occupations, il ne trouueroit pas que l'hyberbole fut fort excessiue. I'ai à present graces à Dieu plus de loisir. Au demeurant ces manieres de parler ne se doiuent pas entendre collectiuement toutes ensemble, mais distributiuement les vnes aprez les autres. Lisez.

En continuant ses hyperboles je meure, dit-il, si elles ne sont capables de faire rire Demosthene, & Ciceron jusques dans les en-

fers. Certes voila qui eſt tout à fait bouffon & ridicule. Ie voudroi bien qu'il me prouuât comme les dannez ont des intelligences dans le monde pour ſçauoir ce qui s'y fait, & s'ils ſont capables de paſsion pour en rire. Paladin mon ami, auſſi ne di-je pas que la vanité de celui qui ſe pretend l'vnique eloquent face rire Ciceron & Demoſthene, mais oüi bien qu'elle ſeroit capable de les faire rire, ſuppoſé l'impoſſible, ſi elle venoit à leur connoiſſance. Et puis ne voiez vous pas que j'ai dit cela à la maniere des Poëtes qui feignent qu'au chant d'Orphée les tourmens des dannez furẽt ſuſpendus pour vn tems.

—*Tenuitque inhians tria Cerberus ora,*
Atque Ixionei vento rota conſtitit orbis.

Voila, dit-il, vne grande impieté. Pleût à Dieu mon ami que ce fut la plus grande des voſtres.

Le Paladin m'impute auſſi pour vn crime de méme eſpece & categorie, ce que j'ai dit, *Que ce ſeroit remettre le monde en des confuſions plus horribles que celles du chaos. Ce qui eſt, dit-il, vne hereſie.* Et s'étand bien auant ſur ce propos, cõme s'il ne nous eſtoit pas loiſible en de ſemblables ſujets de tirer des comparaiſons de la doctrine des Paiens & des fables des Poëtes, & de dire d'vne femme qu'elle eſt ſage comme Minerue, qu'elle eſt chaſte cõme Diane, & qu'elle a auſſi mauuaiſe teſte que Iunon: ou d'vn enuieus que ſon foie eſt rongé comme celui de Promethée, & d'vne grande confuſion qu'elle eſt auſſi horrible que celle du chaos. Et quand bien encore nous prendrions ceſte comparaiſon au pied de la letre il n'y a rien de contraire à nostre croiance ni à nostre religion, qui reconnoit vn Chaos, non pas à la maniere des Poëtes ni des Philosophes gentils, subsistant de toute eternité, mais creé de Dieu au commencement de toutes choses, lors que dit la saincte Ecriture, *Terra erat inanis & vacua & facies abyssi operiebant terram*, le Tohu & Bohu des Hebrieus. Mais cette doctrine surpasse la capacité du Paladin, dans la ceruelle duquel aussi bien que dans son liure, il n'y a qu'vn chaos d'imaginations confuses & d'impertinentes

tinentes pensées.

Au demeurant Achatés, je puis bien dire *la sentine des vices*, que le Paladin reprend, puisque Ciceron a appellé Catilina & ceux de sa faction la sentine de la Republique. Cet ignorant seroit marri de laisser vn bon mot en mes écris sur lequel il n'applicât sa censure. Passons au reste.

Voila qui est biẽ aussi fat, de parler des Dieus de la pieté Chrestienne, & appeller deus grans personages deus oliues, deus chandeliers ardens, &c. Voila vn Cacozele d'Hermogene, où il tombe pour affecter vn style trop ampou-

lé. Voiez-vous Achatés comme le Paladin a conjuré de censurer jusques à la sainte Ecriture & aux paroles de Dieu dans mes liures. N'est-ce pas Dauid qui apelle Dieus les grans hommes, *Ego dixi Dij eStis*. Et n'est-ce pas sainct Iean qui en son Apocalypse appelle ces deus Prophetes qui doiuent venir à la fin des jours, deus oliuiers & deux chandeliers. *Isti sunt duæ oliuæ & duo candelabra ante faciem Dei stantia*. Par ce moien le Paladin trouue le Cacozele d'Hermogene jusques dans l'Apocalypse, prenant pour discours de Phyllarque ce qui est parole de Dieu. Ie ne recõnoi que par là qu'il n'a pas esté bien nourri à la Huguenotte, puisque sõ goût ne lui fait pas sentir ni discerner ce qui est saincte Ecriture ou non. Car au reste tout son liure sent extrémement le fagot.

Il me reprend d'auoir dit de quelqu'vn *que ses sottises donnẽt enuie de vomir.* Ce qui est vn prouerbe tout commun aus bons auteurs Latins *vsque ad nauseã.* Ie puis dire au Paladin ces paroles de l'Orateur, *Quã bellũ erat confiteri potius nescire quod nescires, quam ista effutien-*

tem nauseare. Celui qui nous a enseigné de n'appeller pas Glaucias l'excrement de la Cour, n'a pas fait difficulté de dire que des sottises donnent enuie de vomir. Non plus que les *bluettes des vertus*, comme j'ai dit, les bluettes du sens cõmun, ce que le Paladin asseure ne lui plaire pas. *In pueris quasi scintillulas virtutum videmus*. Et je pense auoir autãt de droit de dire : *le magazin de la Prudence* que Ciceron, *les tresors de la memoire*. Aurons-nous encores pour long tems de ces ignorances. Lisez je vous prie.

Il reprend en quelque lieu B. qui ſouhaitte que ſon Eloquence ſoit auſsi maſle parmi les Dames que celle d'vn Seigneur qu'il loüe d'eſtre fort puiſſant en amour, & dit que cela nous laiſſe vne ſale penſee, en comprenant ſon intention. Certes il paſſe bien plus outre lors qu'en ſa letre 20. de la 2. partie, ou il mal traite ſi mal les Courtiſans, il dit d'eus qu'ils ne ſont jamais hommes qu'auec des femmes &c. Si cela auec ce qui ſuit ne le mettēt au nombre des Orateurs que les anciens ont appellez puans, il n'y en eut jamais, &c. O le zelé perſonage! qui injurie Senecque le Pere en croiāt injurier Phyllarque. N'ai-je pas dit au commencement de cette letre, que pour éuiter les Censures des Paladins, qui n'ont d'autre occup[a]tion que d'estre au guet pour surprendre les hommes par leurs paroles, j'aimois mieus faire des pleintes de nostre siecle par la bouche des grans hommes de l'antiquité que par la mienne, & que ce que je diroi de la decadence du bien dire, seroit pris de Senecque le Pere, de Tacite, & de quelqu'autre ? Faut-il que pour l'enuie qu'auoit le Paladin de dire des iniures à Phyllarque, le pauure Senecque en patiſſe que ce ruſtre appelle Orateur puãt ? Dõc tous ceus qui reprendront les vices de leurs ſiecles ſeront des puans? Sainct Paul donc ſera bien puant au jugemenr du Paladin, quand il dit, *Tradidit illos Deus in paſsiones ignominiæ: nã fœminæ eorum immutauerunt naturalem vſum, in eum vſum qui eſt contra naturam. Similiter & masculi relicto naturali vſu fœminæ exarſerunt in deſiderÿs ſuis in inuicem maſculi in maſculos turpitudinem operantes, &c.* Sainct Iean Chryſoſtome ſera auſſi de ce nõbre,

& auecques lui autãt qu'il y a eu de saincts Docteurs en l'Eglise, qu'il n'est jamais venu en la pensée du plus scelerat, d'appeller puans, parce qu'ils nomment ou font sous-entendre les grans crimes qu'ils blâment, & contre lesquels ils déploient leur eloquence. Autre chose est de ceus qui parlent soit obscurémẽt soit à découuert de telles ordures & saletez pour les approuuer & les desirer. Là dessus dit le Paladin *que la verole est sale par tout & principalement en la bouche d'vn Moine*. Il a raison. Elle seroit voirement bien sale en la bouche d'vn Moine. Mais il ne ſeroit pas ſale à vn Moine de reprendre vn Paladin d'auoir la verole à la bouche.

Voiez Achatés, ſi c'eſt auec raiſon qu'il me blâme d'auoir taxé de coüardiſe & de laſcheté vn qui diſoit ne vouloir pas achetter la ruine d'vn mauuais parti par la mort d'vn de ſes amis, veu que des femmes Paiennes eurent bien le courage d'achetter au pris de la vie de leurs enfans la defaite de ceus qui faiſoient la guerre à leur Republique. Celles-ci ne peuuent-elles pas juſtement eſtre appellées courageuſes, & l'autre eſtimé lache & coüard? Si la mere des freres Maccabées eût biẽ la force & le courage d'exhorter ſes enfans à ſouffrir les tourmens & ſupplices qui leur éſtoient propoſez, & de rejetter conſtamment les richeſſes & les honorables partis qu'on leur offroit, ſi ſeulement ils vouloiẽt gouſter d'vne chair qui leur eſtoit deffenduë par la loi. A combien plus forte raiſon deuons nous expoſer nos vies, celle de nos amis & de nos enfans, pour exterminer vn mauuais parti qui trouble les afaires de la Religion & de l'Estat tout ensemble?

Ce qu'il dit aux pages suiuantes est si sot & si badin, que ce seroit estre aussi inepte que lui de s'amuser à y respondre. Passez-le Achatés & venez au reste.

Ailleurs il dit : C'est auoüer les crimes qu'il a faits en dormãt; ou faire voir que la folie qui est attaché au col de l'enfant dont les verges la pouuoient chasser, est passée maintenant dans la ceruelle de l'homme, &c. Ie ne sçai s'il veut trouuer quelque artere au col où s'attache la folie, ou s'il sçait faire quelque caractere le-

quel pendu au col rẽde les person-nes foles. A sa mode on pourroit dire de quelqu'vn qui ne seroit pas fol tout à fait, qu'il ne le seroit encore que par le col ; mais à celle de la Greue il n'y a de fous par le col que ceus qui se font pendre. Il triomphe à bien dire la dessus pour exaggerer la sottise qu'il y a de dire, que la folie est attachée au col de l'enfãt. Mais qui lui demanderoit, Paladin mon ami, cõtre qui est-ce que vous declamez de la sorte, & qui est cet impertinent qui a dit, que la folie estoit attachée au col de l'enfant dont les verges la peuuẽt chaſſer ? Auſſi-toſt il dira. C'eſt cet impertinẽt de Phyllarque, c'eſt ce Moine ignorant. A quoi je lui repars, mon ami, en penſant eſtre injurieus cõtre Phyllarque, vous blaſphemez contre le ſainct Eſprit, qui a fait dire au plus ſage de tous les Rois. *Stultitia alligata eſt in collo pueri et virga disciplinæ fugabit eam*, c'eſt à dire, la folie eſt attachée au col de l'enfant, que la verge de la diſcipline en chaſſera ſi on lui applique. Or ſus, exercez voſtre bien dire contre Salomon & lui chantez injures, Phyllarque n'y prẽd point de part.

Achatés, vous verrez dans les pages ſuiuantes, que comme le Paladin ſe bat à fer émoulu contre les paroles de la ſaincte Ecriture, autant en fait-il cõtre les comparaiſons de Plutarque qui dit. *Qu'il vaut mieus reſſembler aus abeilles qu'aux bouquetieres.* Surquoi le Paladin s'eſcrime cõme Turnus contre l'ombre d'Aenéas pẽſant auoir à faire à Phyllarque, & dõne d'étranges eſtocades à ce ſage & docte Paien eſtimant faire beaucoup de mal à vn Moine. Or le laiſſons eſcrimer à la bonne heure. Voions ſeulement ce qu'il y a du miẽ en cette belle comparaison. Il reprend au langage que c'est mal parlé de dire, *que les abeilles font leur miel, & qu'il faudroit dire le miel. On sçait bien*, dit-il, *que le miel est à elles ou d'elles.* Par cette raison de la Rhetorique de Charante, ce sera mal parlé, quand nous dirons en nostre François, *Que les oiseaus font leurs nids sur les arbres*. Car on sçait bien que s'ils font des nids c'est pour eus & non pas pour d'autres. Mais c'est pour cela méme que nous disons qu'ils font leurs nids d'autant qu'ils ne les font pas pour les autres. On ne dit pas, ajoûte ce badin, *Que les barbottes ſont des vers à faire leur ſoie.* Auſſi Paladin, mon ami, ne di je pas que les abeilles ſont des mouches à faire leur miel. Mais comme je parlerai fort bien en disãt, que les vers font leur ſoie auant que de changer en papillõs; auſſi pui-je dire que les abeilles font leur miel en Eſté pour ſeruir en Hyuer à leur nourriture.

Venturæque hyemis memores
ſua mella reponunt.

Il ne faut pas dire vn parterre plein de fleurs, mais ſemé de fleurs. Et ſi elles viennent d'oignon,

&c

& non pas de graine, comment dirons nous ? Pauure Paladin que voſtre ânerie ſe decouure tant plus vous penſez faire l'habile homme. *Plein*, dit-il, *ne ſe dit que des choſes qui ſont capables de contenir, comme vn vaiſſeau plein, vne maiſon pleine, vous ne direz pas que la mer eſtoit pleine de nauires.* Il a mal étudié les bons auteurs, qui ne font pas difficulté de ſe ſeruir de ce terme, diſant plein ce qui eſt chargé ou couuert ſeulement de quelque choſe, comme quād Ciceron dit, *Portus pleniſſimus nauium*, vn port tresplein de nauires, encores qu'il n'y en eût pas jusques au fons, mais seulement au dessus de l'eau, & d'vn discours il dit, *plena sententÿs & ornamentis oratio*, plein de sentences & d'ornemens, pour dire semé de fleurs & d'ornemens.

Il dit qu'au méme endroit je ne deuroi pas auoir mis *la où, mais, au lieu que*, comme si la où signifioit autre chose qu'au lieu que. Que le Paladin nous enseigne vn peu si la où je suis, signifie autre chose que, au lieu auquel je suis? si donc il auoüe qu'en cet endroit, au lieu que, seroit bon, pourquoi, la où, sera-t'il mauuais, puis qu'il signifie la méme chose.

C'estoit assez, dit le Paladin, d'auoir dit des parterres pleins de fleurs, sans y ajouter encores les especes de roses, d'œillets, de marguerites & de pensées. C'est comme si vn Gascon disoit appellez mes lacquais le Breton, le Bourguignon, le Normand, le Bearnois, & le Basque. Voila de fort riches comparaisons. Ainsi quand sainct Paul a dit, *qu'il ne faut pas que les femmes soient parées, & puis qu'il ajoute, de dorures, de perles, de pierreries, & d'étoffes riches & precieuses*, il fait comme le Gascon qui appelle ſes lacquais le Breton, le Baſque, &c. puiſque c'eſtoit aſſez de dire qu'elles ne doiuent pas eſtre parées. Car ſi elle ſe parent, ce ne peut eſtre qu'auec de l'or, des perles, & de riches étoffes. Et quand Virgile raconte qu'Appollon prit la forme de Butés, en diſant,

—ibat Apollo
Omnia longæuo ſimilis —

Il a fait comme le Gaſcon lors qu'il ajoute

— vocemque, coloremque,
Et crines albos & ſæua ſonoribus arma.

Car puis qu'il auoit dit qu'il

lui ressembloit en toutes choses, il n'auoit plus que faire de dire à la voix, à la couleur, à ses cheueus blancs, à son habit, & à ses armes. Toutes les sottises qu'il dit contre cette comparaison, regardent celui qui en est l'auteur, pour lequel je n'entreprens pas vne Apologie, ce seroit lui faire tort que de le defendre. Voions ce qu'il reprend en moi.

Il dit aussi mal à propos qu'on lui creue les yeus auec des pointes d'aiguilles, estant bien certain si c'estoit auec des aiguilles, que c'estoit auec la pointe. Voila vne grande ſubtilité qui condanne Virgile d'eſtre vn fort mauuais Poëte, quand il a dit,

Vibranti cuſpis medium tranſuerberat ictu,
Loricæque moras & pectus perforat ingens.

La pointe de la lance lui perça le corps de part en part auecques la cuirace. On ſçait bien que ſi tout cela fut percé, ce ne pût eſtre que de la pointe & non auecques le bois. Et quand le méme Poëte dit,

Vaginaque caua fulgentem deripit enſem.

Il tira ſon eſpée hors du fourreau creus. C'estoit vn sot selon la Logique du Paladin, car on sçait bien que s'il tira son espée, ce fut hors du fourreau, & non pas hors d'vn sac, & que le fourreau ne pouuoit estre que creus, puis qu'il renfermoit vn' espée. Et quand encores il écrit,

Et fugit horrendum stridens elapsa sagitta,
Perque caput Remuli venit, & cana tempora ferro
Traÿcit.

On sçait bien que si vne fléche decochée perce les temples d'vn homme, que ce ne peut estre qu'auec le fer & nō point auec le bois ou la plume. Voulez vous encores d'autres vers de cet excellent Poëte digne de la censure du Paladin, en voici vn, & puis plus.

Hîc Turnus ferro præfixum robur acuto,
In Pallanta diu librans jacit.

Si c'estoit vn jauelot que Turnus branloit, il faloit qu'il fut armé de fer, & n'on pas d'étouppe, & qu'il eût vne pointe & non pas vne pomme au bout.

Le Paladin prend grande péne de me mettre mal auec les Dames, mais je sçai qu'il lui reüssira mal, parce qu'elles n'ignorent pas que mes interets auecques elles ne vont qu'au salut de leurs ames, ce qui est cause qu'elles ne me peuuent haïr puis que je n'aime & ne procure que leur bien.

Le mauuais sens qu'il donne à mes letres, qui va contre l'honneur des Rois & de leurs Ministres, est en sa pensée & non dans mes écris. C'est pourquoi il merite d'en estre châtié, comme estant l'auteur de tout ce qu'il me veut faire dire malgré moi contre leur autorité & contre leur particulier merite, dela maniere qu'on punit les heretiques qui interpretent mal la ſainte Ecriture, à laquelle il font dire toutes les damnables opinions qu'ils forgent en leur fantaiſie. Ie laue donc mes mains, & me ſens innocent de ces crimes.

Ie dirai neantmoins en paſſant que cet animal n'a pas compris ce que j'ai écrit ſur le ſujet des loüãges qu'on donne aus grans hommes, qu'elles ſe doiuẽt tirer de leur propre merite, & non pas de nos ſonges & de nos vaines imaginations. Comme de dire, qu'il faut que Dieu les promette long tems auant que de les faire naitre, ſurquoi pour m'expliquer j'ai dit, Que Dieu en auoit promis peu auant leur naiſſance, mais que les Prophetes en auoient predit beaucoup & de bons & de mauuais qui deuoient naiſtre. Il y a de la difference entre promettre & prédire, Dieu a promis le Meſſie, mais il a predit l'Antechriſt. Les promeſſes ne ſont que des choſes bonnes, les prédictions peuuēt eſtre auſſi des mauuaiſes. Le Paladin qui confond promettre & prédire, dit là deſſus merueilles méchamment & ignoramment. A quoy, mon cher Achatés, je ne ſuis pas d'auis de lui ſatisfaire dauantage. Paſſez outre.

Il n'eſt pas excuſable s'il dit exiger, pour demander; & s'ingere de juger, pour ſe hazarder, ſe méler; il eſt loiſible, pour il eſt permis. Ne paroît-il pas qu'il n'a gueres hâté le Palais pour vn Aduocat, puis qu'il trouue étrãge le mot d'éxiger qui eſt quelque choſe plus que demander: car je puis bien dire exiger vne promeſſe, mais non pas la demander, au meſme ſens. Comme s'ingerer de faire quelque choſe n'eſt pas ſimplement s'en méler, mais s'y auancer trop & ſans y eſtre appellé. Quant à loiſible. Ie n'entens pas ce que le Paladin y trouue à redire, ſi ce n'eſt que ce terme n'eſt peut-eſtre pas en vſage ſur la Charante.

Il faille contre le precepte de Quintilian, qui nous auertit de prendre garde que la derniere syllabe d'vn mot qui precede ne ſoit pas la premiere de la parole qui ſuit. Achatés, l'ignorance preſōptueuſe n'eſt-elle pas touſjours accompagnée d'ingratitude. Si par mes liures je ne leur auoi point enſeigné la methode d'examiner les auteurs ils n'euſſent jamais ſceu par quel bout s'y prẽdre: & au lieu de me ſcauoir gré des inſtructiõs que je leur ai dõnées, aujourd'hui, non par malice ſeulement, mais par vne lache méchanceté, ils viennent à m'examiner par mes regles, cõtre leſquelles ſi par mégarde il m'eſt arriué de faillir quelquesfois, ils me l'imputẽt pour vn grand crime. Mais je les défie tous d'examiner vn liure, ſoit des miens, ſoit d'vn autre, par vne methode qui ſoit de leur inuention, & autre que celle dõt je leur ai ouuert le chemin. Et puis, où

trouuẽt-ils que je me soi van-
té d'estre l'vnique eloquent,
infaillible en la Retorique, &
que j'aie dit, que toute l'antiquité n'aie rien entendu en
l'éloquãce, qu'elle n'en ait eu
que des doutes, & que je n'en
ai jamais veu qui ne fut fausse
ou imparfaite, & que tout fut
plein d'artifice en mes discours jusques aux moindres
particules. Tant s'en faut, que
j'ai par tout loüé les anciẽs &
les modernes, & je n'ai jamais
fait état de tout ceque je pouuoi de ce costé là.

*Excudant alij spirantia mol-
lius æra,*

Credo equidem, viuos ducent de marmore vultus;
Tu regere imperio populos Romane memento
Hæ tibi erunt artes, &c,

Ie fai plus d'état d'vn bō directeur de Nouices dans vne Religion, que d'vn qui cōposeroit des liures aussi biē que Lipse & que Scaliger, s'il ne sçauoit autre chose. Et pour vous dire la verité, je ne feroi nul état de Ciceron auec toute son eloquence, s'il n'auoit esté capable de gouuerner l'Empire en qualité de Cōsul. Ecrire, cōposer, faire des vers & de la poësie, ne doiuent

estre

estre que l'accessoire, & non pas le principal de nostre merite. Nostre loüange consiste à faire excellemment ce qui est de nostre profession. Ie vous le repetes encores vn coup, que je ne pren nulle part en cette gloire, que je n'estimerai jamais grande, si elle ne nous est donnée que pour cela. Ie prise Cesar, non pas à cause de ses Commentaires, mais pour auoir esté grand Empereur. C'est chose fort loüable quād l'Eloquence & le bien dire se rencontrent auec la sagesse, l'vsage, l'experience des choses, & les belles actions, autrement ce n'eſt rien que pedantiſme. Liſez.

Pour les larcins il les fait ſi viſiblemẽt, qu'il n'eſt pas beſoin qu'on l'en accuſe. Il a raiſon, car j'en fai gloire, & ne crain point les Preuoſts quand je ne ſerai point coupable d'autres larcins que de ceux-ci. Ie me ſers libremẽt de ce que j'ai appris de plus habilles hommes que moi. Ie me pare volontiers des plumes de ces oiſeaus de Paradis, mais je ne ſuis ni ingrat ni jalous: Ie ſcai reconnoiſtre franchement ce que j'emprunte des autres quand l'occasiõ m'offre le moien de le faire. Mais comme les grãs hommes n'ont écrit que pour nostre instruction, je m'asseure aussi qu'ils ne seroiẽt point mal contens s'ils venoient à resusciter, de voir que je me suis serui de leurs regles, de leurs bons mots & de leurs sentẽces. Aussi ne suis-je point chiche à les loüer, ni si glorieus que je ne les reconnoisse tres-volõtiers pour mes Maitres. Passez donc ce que nostre Censeur dit là dessus, & le deliurez de la péne de m'accuser, puis que je me condamne moi-mesme. Venez à la conclusion.

Puis qu'il est question de parler le plus Frãçois qu'on peut, je trouue mauuais qu'on die plustost Libraire que Liuraire, puisque nous disons liures, & qu'vn Marchand de liures doit estre appellé liuraire. Pauure badin, que je déplore vostre sottise. Ie vous prie Achatés, reformons desormais nostre langage sur la regle de ce païsan de la Charante. *Puis que nous disons liures, vn marchand de liures doit estre appellé liuraire.* Ceci a vne grande suite, & par cet article de la coustume de Coignac, nous apporterons vne grande reformation à toute la France. Il faudra que desormais nous disiõs delibrer au lieu de delivrer, puis qu'en François on dit libre & liberté, & non pas liure ni liuerté. Que nous changions le nom des Chrestiẽs en Christiens, puis qu'on dit Christ & non pas Chrest. Que nous rebaptisiõs les Renegats en les appellãs Renias, parce qu'on dit renier, & non pas reneguer. Que nous conuertissions les Heretiques en Heresiques, parce qu'on dit heresie & non pas heretie: le mot méme de parler ne se dira plus en langage reformé, mais paroler, pource qu'on dit des paroles& non pas des parles. Que pour parler elegamment François nous disions vn heureloge & non pas vn horloge, puis qu'on dit vne heure, & non pas vne hore. Il ne faudra plus dire maternelle mais merennelle, parce qu'on dit mere & non pas mater en François. Appellons maintenant vn Histoirographe celui qui écrit des histoires, & non pas vn Historiographe, parce qu'õ ne dit pas historie. Disons en François reformé. Que Cesar est vn grãd Chefitaine & non pas Capitaine, puis qu'on dit en François vn Chef d'armée & non pas vn Cap. Cette reformation est de grande importance, & se peut étendre sur le tiers de nostre langage, qui sera fort beau si vne fois nous le reformons de la sorte, en disant, le Roi roignant est le plus grand Chefitaine de l'Europe, laquelle il a delibrée des Renias & des Heresiques, & maintenu les Christiens en leur Religion merennelle : ce qui fera que les Histoirographes qui écriront ses belles actions feront bien gaigner les Liuraires, & les Dames en parolero nt dans les ruettes de leurs lits. Lisez.

Ie ne ſcai dequoi l'accuſer, ſi ce n'eſt d'vne ignorance volontaire en vn paſſage de ſon Apologie de Socrates, où il lui fait dire. Ie m'aſſeure que quand ce ſeroit le grand Seigneur, & non pas vne perſonne de grãde condition, qu'il prefereroit vne nuit ſemblable à celle là, &c. Ie voudroi bien lui demander ſi ce grand Seigneur n'eſt pas le Turc, & ſi c'eſt lui cõment Socrate en pouuoit parler, ſi ce n'eſt par prophetie. Vn habile homme m'auroit épargné vne reſponſe en ne me faiſant pas vne demãde ſi ſotte. Mais patience, répondons à cet ignorât. Oüi Paladin, le Turc est aujourd'hui celui qu'on nomme grand Seigneur. Mais du tems de Socrates c'estoit le Roi des Perses qu'on appelloit de la sorte, & qu'on ne nommoit point autrement. Aus autres Rois, dit Suidas, on donne le titre des états & des païs qui sōt de leur obeïssance, & pource on dit, le Roi de Macedone, & le Roi des Lacedemoniens. Celui des Perses se qualifie simplement le grand Roi, ou le grand Seigneur μέγας βασιλεύς, μέγας δεσπότης. Et comme il portoit le titre de grand Seigneur, ses sujets prenoient la qualité d'esclaues, & sa Cour s'appelloit, la porte, ses Courtisans οἱ ἐπὶ θύραις βασίλεως, ceus qui estoient à la porte du Roi. L'Empereur des Turcs lui a succedé au titre de grand Seigneur, aussi bien qu'en la meilleure partie de ses Roiaumes, & en la forme de son gouuernement. De façon que sans reuelation & sans prophetie Socrates a pû parler du grand Seigneur, de quoi le Paladin ne la pu reprẽdre sans découurir son ânerie. Mais de le renuoier à Herodote, à Thucydide & aus autres bons auteurs, pour apprendre la verité de ce que je di, ce se-roit à moi péne perduë. Car le pauure malheureus confesse qu'il n'a point de liures ni d'argēt pour en acheter, & à péne ceux qui ont des Bibliotheques lui voudroient confier les leurs, & puis il n'y entend du tout rien. Ie me contenterai donc de l'enuoier étudier l'histoire des Turcs au bout du Pont neuf où les colporteurs étallēt leurs images, afin que sans qu'il lui coûte rien il aprēne dans les cartes ou les Empereurs des Turcs sont figurez en taille douce, depuis quel temps les Ottomās sont deuenus grans Seigneurs, s'il y a huit cens ans comme dit le Paladin, ou bien si c'est depuis trois siecles seulement.

Finissons Achatés, & voiez vn peu l'endroit où le Paladin concluant ses sottises, prend pour vn grand miracle, qu'vne Aigle vienne fondre sur vn leuraut, qui est, dit-il, *vn animal qui craint plus les mâtins que les Aigles en nostre païs.* Encore deuroit-il auoir dit les leuriers plustost que les mâtins. Ie veus croire qu'il y a force noblesse en Angoumois qui n'a pas accoustumé de chasser aus lieures auec les mâtins, mais auec des leuriers ou des chiens courans. Ie voi bien que c'eſt, le Paladin qui eſt fils d'vn païſan n'a point eſté à d'autre chaſſe qu'auec ſon Pere, cela eſt cauſe qu'il parle ſelon ſa connoiſſance. S'il eût eſté nourri autre part que dans la cuiſine, il n'eût pas fait vne ſi grande exclamation en oiant dire, que les Aigles prennẽt les lieures, qui ſont meſme en noſtre païs le gibbier des ſimples Autours. Mais en Prouence, & au païs de Virgile les lieures craignent plus les aigles que les maſtins.

Qualis vbi aut leporem, aut candenti vertice Cygnum
Suſtulit, alta petens pedibus Iouis armiger vncis.

Le Paladin donc eût bien fait des ſignes de croix en liſant dans le Poëte, que Turnus vint fondre ſur Lycus comme vn Aigle ſur vn leuraut.

C'eſt cher Achatés, ce que j'auois à te dire ſur le ſujet des Cenſures de noſtre Ariſtarque de Coignac, qui pour les crimes que j'ai remarquez m'appelle méchant, hypocrite, impie, pedant, ignorant, fol, badin, réueur, impertinent, ſemblable au Diable, le plus indigne objet du monde, & tout ce qu'il a appris d'injures au cabaret où il fait sa demeure plus ordinaire. A quoi je n'ai autre chose à répondre, si ce n'est, qu'il n'y a au monde vne pire beste qu'vn ignorant qui n'est pas humble.

Tels furent les propos dont nôtre Phyllarque m'entretint toute la matinée, & desquels je fis sur l'heure vn memoire afin de m'en ressouuenir pour fortifier aus occasions la foiblesse des plus simples, sur l'esprit desquels la hardiesse effrontée de cet impudẽt auroit fait quelque impression. Vous pouuez cher Palémon vous en ſeruir à méme fin, vous faiſant part puiſque vous l'auez deſiré, de tout ce que j'ai pu recueillir de cet entretien, qui me fut tres-agreable, & dont vous aurez auſſi je m'aſſeure la méme ſatisfaction. Tenez moi, s'il vous plaiſt, en vos bonnes graces, & me croiez de bon cœur,

Voſtre ſeruiteur tres-affectionné
ACHATES.

Fautes à corriger suruenuës en l'Impression.

Fautes		Corrections
Page 14. l. 1. ou	lisez	où
& l 14 m'at-ten		m'atten
pag. 15. l. 16. poit		point
pag. 29. l. 10. *les*		*ses*
pag. 40. l. 16. Romains		Romans
pag. 71. l. 14 *excarserunt*		*exarserunt*
pag. 76. l. 4. *tout à*		*tout à*
pag. 86. l. 15. non auec		non pas auec
pag. 88. l. 16. grand		grands

www.ingramcontent.com/pod-product-compliance
Lightning Source LLC
LaVergne TN
LVHW020029170826
845678LV00001B/178
* 9 7 8 2 3 2 9 7 5 1 2 6 9 *